PIRATES des CARAÏBES
LA FONTAINE DE JOUVENCE

ADAPTATION
JAMES PONTI

BASÉ SUR LE SCÉNARIO DE
TED ELLIOTT ET TERRY ROSSIO

INSPIRÉ DU ROMAN DE
TIM POWERS

BASÉ SUR LES PERSONNAGES DE
TED ELLIOTT, TERRY ROSSIO, STUART BEATTIE ET JAY WOLPERT

BASÉ SUR
PIRATES DES CARAÏBES DE WALT DISNEY

PRODUCTEUR
JERRY BRUCKHEIMER

RÉALISATEUR
ROB MARSHALL

Phidal

2011 Produit et publié par Éditions Phidal inc.
5740, rue Ferrier, Montréal (Québec) Canada H4P 1M7
Tous droits réservés

Des questions ou des commentaires? **Contactez-nous au customer@phidal.com**
Site Internet : **www.phidal.com**

Traduction : Marie-Lyse Létourneau

ISBN-13 : 978-2-7643-1364-0

Imprimé en Italie

Nous reconnaissons l'aide financière du gouvernement du Canada par l'entremise du Fonds du livre du Canada pour nos activités d'édition.
Phidal bénéficie de l'appui financier de la Société de développement des entreprises culturelles (SODEC).
Gouvernement du Québec – Programme de crédit d'impôt pour l'édition de livres – Gestion SODEC.

SOUVENT, EN MER, LORSQUE LE TEMPS est long, les marins chantent. Ils entonnent des chansons racontant la vie en mer et célébrant des capitaines légendaires. Une des meilleures chansons portait sur l'histoire d'un célèbre capitaine, honni par l'armée britannique.

★ ★ ★

C'est sur une mer d'azur que la marine royale,
À la recherche d'un pirate, le vent dans les voiles,
Se mit en route, cherchant de noir le grand pavillon
Du capitaine Jack, pour le mettre en prison.

Par vents et marées, ils parcoururent les mers
Par-delà chaque cap, chaque vague, ils s'entêtèrent
À travers tempêtes et orages, ils persistèrent
À leur plus grande honte, jamais ils n'attrapèrent

Le capitaine Jack Sparrow.

Cette chanson n'en était qu'une parmi tant d'autres racontant les tentatives désespérées des Britanniques pour mettre la main sur le capitaine Jack Sparrow. Ils s'en étaient approchés à maintes reprises, d'abord à Port Royal, puis à Tortuga. Cependant, chaque fois, Jack leur filait entre les doigts. Chaque fois... jusqu'à ce jour.

Une rumeur courait : on disait que Jack ne s'était pas fait capturer sur l'océan, mais à Londres. L'arrestation de Jack ne pouvait passer inaperçue, après les longues années qu'il avait passées à tourmenter la Royal Navy avec ses nombreux actes de piraterie.

Le jour de son procès, la salle était pleine de gens qui se mirent à crier et à le huer lorsqu'on l'amena dans la pièce, une capuche sombre recouvrant sa tête.

Tous avaient entendu parler des exploits de Jack, un pirate des Caraïbes, mais il était évident que personne dans la salle ne l'avait rencontré, car sous la capuche, ce n'était pas Jack !

—Je vous ai dit que je m'appelle Gibbs, implora l'homme, lorsque le gardien retira la capuche. Joshamee Gibbs !

Personne ne le crut. Après tout, un pirate pouvait bien mentir.

Joshamee Gibbs était certes un pirate, mais pas le genre de pirate à être jugé et pendu. Jadis, il avait été le second sur la *Perle noire*. Il était venu à Londres à la recherche de Jack. Pour une raison étrange, on les avait confondus.

À cet instant, l'honorable juge Smith pénétra dans la pièce, vêtu d'une toge noire et d'une perruque blanche. Cependant, quelque chose clochait chez lui. Il ne se comportait pas de la façon droite et juste des juges. En fait, il semblait se pavaner – comme un pirate! Il tenait un mouchoir devant son visage pour éviter qu'on puisse le reconnaître. Lorsqu'il le retira, Gibbs n'en crut pas ses yeux.

Le juge Smith n'était nul autre que Jack Sparrow. Le pirate avait réussi à prendre la place du juge et l'incarnait en ce moment même.

Jack donna un coup de maillet pour demander le silence. Lorsque l'assistance se calma, il entama le procès, sautant plusieurs étapes. Il ordonna aux gardes d'amener directement le prisonnier à la Tour de Londres. Il y eut une émeute dans la salle; plusieurs personnes jetèrent des souliers, des fruits ou ce qu'ils avaient à portée de main sur Jack qui répliqua pendant un moment avant de s'enfuir de la pièce.

Dehors, on enferma Gibbs dans une cellule tirée par des chevaux. Pour un homme habitué à la vie en mer, la prison était un destin cruel. Quelques instants plus tard, Jack monta à son tour dans la geôle. Gibbs crut qu'il avait aussi été capturé.

—Jack! s'exclama-t-il en voyant son ami. Ils nous envoient tous les deux en prison.

Jack fit un grand sourire. Cela faisait partie de son plan pour sauver Gibbs.

—Ne t'en fais pas, j'ai payé le chauffeur, le rassura-t-il. Dans dix minutes nous serons hors de Londres. Il nous faudra juste trouver un navire.

Joshamee sourit. Il ne comptait plus le nombre de fois où Jack l'avait sauvé.

Sparrow lui demanda comment il s'était retrouvé dans ce pétrin. Gibbs lui expliqua qu'il était venu à Londres suivant la rumeur que son ami rassemblait un équipage.

—C'est faux, répondit Jack.

Peut-être, mais c'est ce qu'on dit, affirma Joshamee.
«Jack Sparrow est à Londres avec un navire et recherche
un équipage». En fait, tu recrutes des hommes ce soir même
dans un pub, le Captain's Daughter.

—C'est faux! rétorqua Jack, ennuyé. La vérité est que je suis
arrivé ce matin pour aider un certain Joshamee Gibbs à éviter
un rendez-vous avec la potence.

Gibbs acquiesça avant de remercier son ami.

Jack n'appréciait pas vraiment que quelqu'un se fasse passer
pour lui. Ce qu'il faisait le mettait suffisamment dans l'eau chaude,
l'aide d'un imposteur n'était pas nécessaire. Il n'avait pas besoin
que se rajoutent des choses qu'il n'avait pas faites à la longue liste
d'exactions dont on l'accusait.

—Quoi de neuf de ton côté? demanda Gibbs. Aux dernières
nouvelles, tu étais à la recherche de la Fontaine de Jouvence.
Ça avance?

Il y avait des centaines d'années que des marins et des
explorateurs recherchaient la Fontaine. La légende racontait
que quiconque boirait de son eau fraîche retrouverait sa jeunesse
et sa candeur, et que quiconque contrôlerait la Fontaine
vivrait éternellement.

Jack eut un sourire en coin. Il sortit une carte avant
de la montrer à Gibbs.

—Je goûterai à ses eaux, crois-moi.

Joshamee donna une bonne tape dans le dos de Jack.

—Ça, c'est mon Jack !

Il observa attentivement la carte. Elle montrait l'emplacement de la Fontaine et des dessins du rituel à faire pour activer son plein pouvoir. Une larme de sirène était nécessaire au rituel. Gibbs déglutit à l'idée de rencontrer une sirène.

C'est à cet instant que s'arrêta la voiture.

—Ça a été rapide, dit Jack en prenant la carte des mains de Gibbs pour la remettre dans l'une des poches de son manteau.

Lorsque Jack et Gibbs sortirent de la cellule, ils découvrirent avec stupéfaction qu'ils se trouvaient dans la cour du palais Saint-James, demeure du roi George. Le conducteur l'avait trahi.

La garde royale les encercla rapidement, carabine en main, n'attendant que l'ordre de tirer.

Le capitaine de la garde assomma Jack avec la crosse de son fusil. Celui-ci s'écrasa dans les bras de Gibbs avant de s'écrouler au sol. Un autre garde poussa Gibbs dans la geôle avant de refermer la porte.

Jack fut traîné jusqu'à une magnifique salle à manger à l'intérieur du palais. On l'enchaîna à une chaise posée devant une très longue table où étaient disposés une multitude d'aliments appétissants. Jack était affamé et la nourriture lui faisait de l'œil. Même s'il se débattait, les chaînes tenaient bon.

Un instant plus tard, une rangée de gardes entra dans la salle. Les conseillers du roi se trouvaient à leur suite. Finalement, le roi George en personne fit son apparition. Avant même de dire un mot, George s'écrasa dans son fauteuil, puis il commença à dévorer le festin à lui seul.

—On m'a parlé de vous, affirma le roi en mâchant un morceau de viande.

Jack était fier que sa réputation ait atteint les oreilles du roi d'Angleterre.

—Et vous savez qui je suis, continua le roi George.

—Votre visage me semble familier, répondit Jack, moqueur.

Le premier ministre s'écria :

—Vous êtes en présence de George Auguste, duc de Brunswick-Lunebourg, Grand Trésorier et prince-électeur du Saint-Empire romain et roi de la Grande-Bretagne et de l'Irlande.

L'homme regarda Jack du coin de l'œil, avant d'ajouter :

—Et votre roi.

—Ça ne me dit rien, répondit Jack avec un sourire.

Le souverain prit une bouchée d'une énorme patte de dinde.

—On m'informe que vous êtes à Londres dans l'espoir de trouver un équipage pour votre navire.

—C'est faux, répliqua Jack, se demandant à nouveau d'où venait cette histoire.

—Je suis convaincu que c'est ce que m'a dit mon ministre, affirma le roi entre deux bouchées. «Jack Sparrow est à Londres à la recherche d'un équipage.»

—C'est peut-être ce qu'on vous a dit, répondit Jack. Mais c'est tout de même faux. Je ne suis pas à Londres à la recherche d'un équipage.

—Ah, soupira le monarque en se tournant pour faire face à ses gardes. Vous m'avez amené le mauvais pirate. Trouvez Jack Sparrow et débarrassez-moi de cet imposteur.

Jack ne voulait pas qu'on se débarrasse de lui.

—Attendez! Je suis le seul et unique Jack Sparrow!

Il leva les mains pour faire signe aux gardes d'attendre.

Lorsqu'il fut convaincu que c'était le vrai Jack, le roi George fit retirer ses chaînes avant de lui expliquer la nature de son problème.

—J'ai un rapport confirmant que les Espagnols savent où se trouve la Fontaine de Jouvence.

—Je refuse d'admettre qu'un monarque espagnol vivra éternellement!

Le roi George savait que Jack avait cherché pendant longtemps la Fontaine, même qu'il possédait une carte pour la trouver. Si les histoires attestant que les Espagnols avaient aussi une carte étaient vraies, le roi ne pouvait perdre un seul instant: il avait besoin de l'aide de Jack.

—Connaissez-vous le chemin jusqu'à la Fontaine?
demanda George.

—Bien sûr! répondit Jack avec un sourire en coin.

—Pourriez-vous conduire une expédition?

—Seulement si vous fournissez le navire et l'équipage,
dit Jack, un sourire aux lèvres.

—Et le capitaine, ajouta le roi.

Le sourire de Jack s'estompa: il voulait être le capitaine.

—Je crois que nous avons trouvé l'homme de la situation,
affirma le ministre.

Il fit signe à un garde qui ouvrit la porte. Jack se raidit
sur sa chaise en entendant des pas s'approcher. En fait, c'était
un pas suivi d'un long frottement sur le plancher. Puis, un autre
pas suivi d'un autre long frottement. Il les entendit encore
pendant un moment, jusqu'à ce qu'émerge de l'ombre
le mystérieux capitaine. Sa forme imposante occupait toute
l'embrasure de la porte.

L'homme avec une jambe de bois portait un habit d'officier.
Même si la jambe de bois et les vêtements étaient neufs,
le visage, lui, n'avait pas changé. Le capitaine du roi était nul
autre que l'ennemi juré de Jack: Hector Barbossa.

Jack l'apostropha immédiatement au sujet du navire
que Barbossa lui avait pris.

—Alors, que devient la *Perle*?

Barbossa expliqua que la *Perle noire* avait sombré, mais qu'il avait survécu.

—Je l'ai perdue, dit-il, perdue la *Perle*, perdue ma jambe. Une grande perte, dans les deux cas.

Jack haussa un sourcil.

—Perdue?

—Je l'ai défendue tant bien que mal, mais elle a tout de même coulé, répondit-il.

Jack lui fit remarquer que c'était le devoir du capitaine de sombrer avec son navire. Alors, si la *Perle* avait coulé, Barbossa aurait dû être mort.

Une querelle s'ensuivit, et Jack saisit cette occasion pour faire diversion dans la pièce. Lorsque la confusion se mit à régner, il s'éclipsa en vitesse. Les gardes bloquaient la porte, mais le capitaine Jack n'avait pas besoin d'une porte pour prendre la fuite.

Il sauta sur la table et se servit de son élan pour s'accrocher à un énorme lustre. Il se balança avec le lustre pour passer par-dessus la tête des gardes et il sauta par la fenêtre, s'enfuyant par le toit. Il eut même le temps d'engouffrer un chou à la crème durant sa fuite!

– Un point pour Jack Sparrow, dit pensivement Barbossa alors que les gardes poursuivaient le pirate.

Il savait qu'ils ne le rattraperaient pas. Cependant, il était convaincu que leurs chemins se recroiseraient. C'était toujours le cas.

Jack se rendit immédiatement au Captain's Daughter. Joshamee Gibbs lui avait dit que l'imposteur s'y trouverait pour recruter son équipage. Une visite surprise permettrait peut-être à Jack de prendre l'imposteur en flagrant délit. Il pourrait peut-être même mettre la main sur son navire.

Le Captain's Daughter était un endroit sale où les gens parlaient fort. Une forte odeur désagréable flottait dans l'air. Des brigands et des vauriens partageaient l'endroit, chacun sur le point de sauter à la gorge de l'autre.

À l'arrière du pub, il vit des marins se mettre en file. La porte était gardée par Scrum, un marin costaud assis sur un tabouret, jouant calmement de la mandoline pour tuer le temps. Jack demanda à un vieil homme ce qui se passait.

L'homme pointa la porte.

—Ces gens ont un navire et cherchent des hommes capables.

Jack avait trouvé ce qu'il cherchait et se glissa derrière Scrum, appuyant un couteau contre sa pomme d'Adam.

—On dit que vous êtes à la recherche d'un équipage, lui murmura Jack à l'oreille.

—Oui... répondit Scrum nerveusement. En fait, Jack Sparrow organise une petite expédition.

—Tu ne me reconnais pas?

Comment ce marin pouvait-il se méprendre sur son identité? C'était lui, Jack Sparrow.

C'est à cet instant que la porte s'ouvrit pour laisser passer un jeune pirate tout sourire qui venait de s'engager dans l'équipage. Les marins le félicitèrent et lui donnèrent de bonnes tapes dans le dos.

Jack s'infiltra dans la pièce et n'en crut pas ses yeux. Il se retrouva face à... Jack Sparrow! Ou du moins une personne ressemblant comme deux gouttes d'eau à Jack Sparrow: le même habit, la même coupe de cheveux et la même démarche.

—Tu m'as volé, cria le vrai Jack indigné en dégainant son épée. Et je suis venu mettre fin à cette mascarade!

Le faux Jack l'imita et, quelques secondes plus tard, Jack s'engageait dans un combat avec lui-même. Les deux Jack échangèrent coups par-dessus coups. Même leurs pas étaient identiques.

—Arrête ça! exigea Jack, ennuyé.

Les sons de leurs coups d'épées emplirent la pièce, alors que les deux montaient sur une rampe, puis sur des poutres de soutien. Il était évident que l'imposteur se battait exactement de la même façon que Jack.

—Une seule personne connaît cette passe! s'exclama Jack lorsque son adversaire imita parfaitement une de ses manœuvres les plus complexes.

Soudain, un sourire éclaira le visage de Jack.

—Bonjour, Angelica, dit-il.

Il retira le chapeau et la fausse barbe de l'imposteur pour révéler une belle femme.

—Bonjour, Jack, répondit-elle. Impressionné?

—Cette flatterie me semble venir du fond du cœur, mais que me vaut cet honneur? demanda-t-il.

Angelica rit.

—Tu es le seul pirate que je pensais pouvoir imiter parfaitement.

Jack devint pensif un instant.

—Ce n'est pas un compliment, ça..., trancha-t-il.

Des années plus tôt, Angelica était tombée amoureuse de Jack, qui, en retour n'avait pas été très honnête avec elle. Jack en avait fait une pirate, mais comme il recherchait constamment de nouveaux trésors et de nouvelles aventures, leurs chemins s'étaient séparés.

Une fois réunis, ils recommencèrent à se quereller. D'abord, Jack l'accusa d'avoir tenté de se faire passer pour lui, puis, elle le blâma pour la relation qu'ils avaient eue autrefois. Leur dispute fut interrompue par les gardes du roi. Ils étaient au pub à la recherche de Jack.

—Tes amis? demanda Angelica, exaspérée.

Sparrow sourit.

—J'ai accidentellement méprisé un roi quelconque.

—Tu ne changeras jamais, dit-elle, furieuse.

Peut-être étaient-ils en colère l'un contre l'autre, mais ils ne voulaient pas se faire capturer par les hommes du roi.

—Puis-je te suggérer une alliance? offrit Angelica en coupant une corde.

Cela fit tomber une pile de barils qui s'écrasèrent sur les gardes qui entraient dans la pièce.

—Par ici! cria-t-elle, avant de guider Jack dans les dédales des boîtes jusqu'à ce qu'ils atteignent une porte cachée à l'arrière de l'entrepôt. Elle les mena à la Tamise, qui coulait dangereusement sous eux.

—Aux grands maux..., dit-elle.

—... les grands remèdes, termina-t-il.

Ils sautèrent dans l'eau et nagèrent jusqu'à ce que les gardes les perdent de vue. En se hissant sur la berge, Jack se dit qu'il était heureux d'avoir encore une fois échappé aux gardes. À cet instant, il ressentit une douleur intense sur sa nuque. Il y passa ses doigts et fut surpris d'y trouver un dard vaudou. Son monde se mit à tourner, et la dernière chose qu'il vit fut un grand homme se penchant par-dessus lui. Les yeux de l'homme étaient complètement blancs et sans vie.

Avant de sombrer dans l'inconscience, Jack prononça difficilement un dernier mot:

—Zombie.

Jack resta inconscient plusieurs jours à cause du poison du dard. Lorsque son effet s'estompa enfin, Jack se réveilla en mer, sur le pont d'un bateau pirate. Il ne savait pas où il se trouvait, ni même comment il s'était rendu là. Un marin lui tendit une vadrouille avant de lui dire de commencer à nettoyer. C'était Scrum, le marin qui jouait de la mandoline au pub.

—Hum, je pense qu'il y a une erreur, dit Jack à Scrum. Je ne devrais pas me trouver ici.

Scrum éclata de rire.

—Ce n'est pas la première fois qu'un homme se réveille en mer sans savoir pourquoi et sans le moindre souvenir de la veille.

—Non, c'est que je suis le CAPITAINE Jack Sparrow, dit-il à Scrum. Le vrai.

—Scrum, répondit le marin. Enchanté, maintenant, au travail.

Scrum lui fit savoir qu'il y avait à bord des officiers plutôt terrifiants, et qu'il valait mieux pour eux continuer à travailler. Jack commença à nettoyer, tout en s'interrogeant sur ce qui avait bien pu se passer.

—Mais où est-ce que je suis? demanda Jack.

—Laisse-moi l'honneur de t'accueillir sur notre infâme navire, lui dit Scrum. La *Vengeance de la reine Anne*.

Jack ne connaissait que trop bien ce nom. La *Vengeance de la reine Anne* était l'un des navires pirates les plus imposants et l'un des plus connus voguant sur les mers. Son capitaine était aussi précédé de toute une réputation.

—Barbenoire, se dit-il à voix haute, plutôt inquiet.

Barbenoire avait une sombre renommée. Ce que Jack vit durant les heures suivantes ne fit que confirmer cette réputation. Les officiers de la *Vengeance* n'avaient pas de cœur. Ils fouettaient quiconque leur jetait le moindre regard. Ils étaient terrifiants. Jack remarqua l'un d'entre eux qui était particulièrement violent. Un de ses yeux et sa bouche étaient cousus.

—Celui-là me semble étrange, déclara Jack alors qu'il passait. D'après moi, il est Français.

—Il s'est fait zombifier, expliqua Scrum. C'est Barbenoire. Tous ses officiers sont comme ça. Ça les rend obéissants.

Jack acquiesça.

—Et plus désagréables.

Les nouvelles étaient mauvaises. Jack était coincé sur le navire infesté des zombies de Barbenoire, qui était à la recherche de la Fontaine de Jouvence. En plus, les Espagnols et les Anglais recherchaient aussi la Fontaine! Les choses se compliquèrent davantage lorsque Scrum fit savoir à Jack que le second était en fait une femme.

C'est à ce moment qu'il réalisa qu'il devait se trouver sur le navire d'Angelica. Elle l'avait bien eu! Il se mit à sa recherche sur le navire. Il la trouva sur le pont-batterie. Il sauta devant elle pour la surprendre, appuyant contre sa gorge un énorme crochet conçu pour tenir les boîtes sur le cargo.

—Tu es une femme dure et sans âme, Angelica!

Angelica sourit.

—Je t'ai dit que j'avais un navire.

—Faux, la corrigea Jack. Barbenoire a un navire. Sur lequel je suis actuellement prisonnier!

Angelica repoussa le crochet et regarda Jack droit dans les yeux. Elle aussi voulait trouver la Fontaine.

—On peut réussir, Jack. La Fontaine de Jouvence! Comme tu l'as toujours voulue.

Jack la regarda, incertain, puis il fit un geste en direction des quartiers du capitaine.

—Edward Teach, dit-il, usant du véritable nom de Barbenoire. Le pirate que craignent tous les pirates. Celui qui relève les morts durant ses temps libres.

—Il va m'écouter, affirma Angelica.

—Il n'écoute personne, rétorqua Jack.

—Peut-être écoutera-t-il sa propre fille? demanda Angelica.

—Ah… mais tu n'es pas sa fille, lui fit remarquer Jack.

Le sourire d'Angelica en disait long sur ses intentions.

Jack était ébahi qu'elle lui ait révélé son plan. Elle avait réussi à convaincre Barbenoire qu'elle était sa fille qu'il n'avait jamais connue. Maintenant qu'ils étaient réunis, ce dernier lui accordait toute sa confiance.

Même s'il était forcé d'admettre que le plan était bon, Jack éprouvait de la difficulté à y voir son rôle.

—Alors la Fontaine de Jouvence sera à lui, ou à vous deux, mais pas à nous.

—Non, il sera mort.

Depuis des années, des gens tentaient de tuer Barbenoire, mais c'était toujours leur propre mort qu'ils rencontraient. Et Jack n'avait aucune intention de se joindre à eux.

—C'est toi qui es en charge de cette partie, n'est-ce pas? demanda Jack.

—Il y a une prophétie… de l'homme sans yeux, expliqua Angelica, parlant du zombie qui avait jeté ce dard à Jack, à Londres. On le connaît sous le nom de *eleri ipin*, le «témoin du destin». Tout ce qu'il dit se réalise. Et il a vu la mort de Barbenoire.

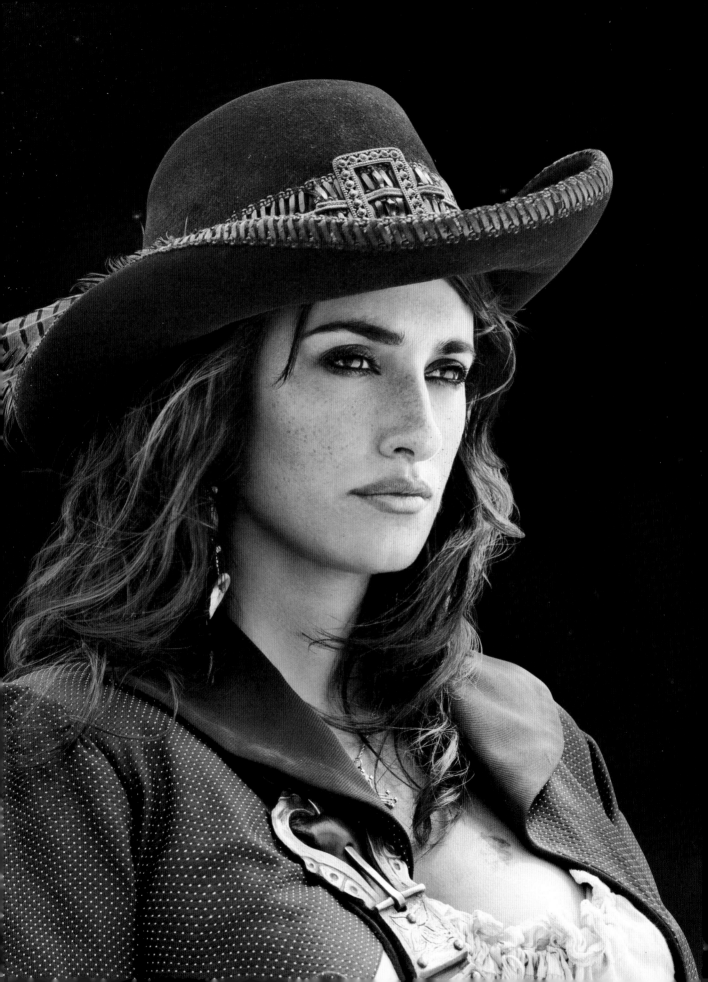

—Et tu crois à ça? demanda Jack.

—Lui, il y croit, dit-elle au sujet de Barbenoire.
C'est pour ça qu'il recherche la Fontaine. Il peut sentir le souffle
froid de la mort contre sa nuque.

Angelica lui expliqua que depuis que Barbenoire avait appris
qu'il allait mourir, il recherchait désespérément la Fontaine.
Il devait la trouver avant que ne s'accomplisse la prophétie
du zombie. Puisque Jack était le seul à bord ayant vu la carte
indiquant comment trouver la Fontaine, il ferait office
de capitaine.

Jack considéra le plan, mais il était encore incertain. Il savait
qu'on ne pouvait faire confiance à Barbenoire. Et il était également
convaincu de ne pas pouvoir faire confiance à Angelica.

Jack comprit que pour avoir ce qu'il voulait, il devrait prendre le contrôle du navire. Il savait que l'équipage était misérable et terrorisé par les zombies. Il décida que c'était l'occasion rêvée pour organiser une mutinerie. Il fit courir le mot parmi les membres de l'équipage et les fit venir dans une cabine d'entreposage.

Il faisait nuit noire et ils avaient pour seul éclairage la flamme frémissante d'une chandelle posée sur une caisse en bois. L'ambiance était sinistre. Jack espérait que cela inciterait l'équipage à suivre son plan.

—Nous parlerons de mutinerie... dit-il, d'une voix à peine plus forte qu'un murmure. La mutinerie la plus sombre.

Comme lui, d'autres membres de l'équipage étaient mécontents qu'on leur ait menti. Ils pensaient s'engager dans un équipage dirigé par Jack Sparrow, pas par Barbenoire. Ils ne se doutaient pas non plus qu'ils seraient tourmentés par des officiers zombies.

—Quelles sont les habitudes de Barbenoire? demanda ensuite Jack.

Étrangement, personne ne semblait au courant. En fait, personne de l'équipage ne se souvenait avoir vu Barbenoire sur le pont.

—Est-ce que l'un d'entre vous a déjà navigué sous ses ordres? demanda Jack.

Les pirates échangèrent quelques regards mais personne ne parla.

Jack n'en croyait pas ses oreilles.

—Personne n'a navigué avec lui. Personne ne l'a vu, dit Jack en riant. Bonne nouvelle! Ce n'est pas le navire de Barbenoire, nous ne sommes pas sur la *Vengeance*.

Jack était convaincu qu'il ne s'agissait que d'une autre histoire d'Angelica. Elle avait fait semblant d'être Jack Sparrow à Londres, elle avait fait semblant d'être la fille de Barbenoire et elle faisait aussi semblant que ce navire appartenait à Barbenoire.

Les membres de l'équipage étaient hors d'eux. C'est à ce moment que Jack remarqua que personne ne savait où se dirigeait l'expédition. Lorsqu'il leur fit savoir qu'en réalité ils cherchaient la Fontaine de Jouvence, tous étaient terrifiés. Une myriade d'histoires au sujet de marins morts à la recherche de la Fontaine existait. Ils étaient convaincus qu'elle était maudite.

—Cela va nous mener à notre mort! s'écria un des marins.

—À moins, ajouta Jack, sautant sur l'occasion, que nous nous emparions du navire.

Suivant ses ordres, les pirates passèrent les portes pour s'emparer des ponts. Baignés par la lumière de la lune, ils attaquèrent les officiers zombies. La bataille faisait rage, et les rebelles avaient le dessus.

Rapidement, tous les officiers furent mis hors d'état de combat et la plupart furent attachés aux mâts.

Le plan de Jack avait fonctionné : il pourrait prendre le poste de capitaine. Il les mènerait tout de même jusqu'à la Fontaine de Jouvence, mais l'équipage serait sous ses ordres.

—Le navire nous appartient! annonça-t-il, triomphant.

À sa grande surprise, aucune exclamation de joie n'accompagna la nouvelle. En fait, les pirates regardaient derrière Jack et la peur était palpable dans leurs yeux. Jack se retourna lentement, pour partager leur vision. Sa silhouette découpée par la lune, l'inquiétant Edward Teach, mieux connu sous le nom de Barbenoire, se tenait là.

Son regard fit le tour du pont. Barbenoire tentait de contenir sa rage. Son équipage retenait de force ses officiers contre les mâts.

—Pardonnez-moi, messieurs! s'exclama-t-il. Je suis confus. Mon nom est Edward Teach, Barbenoire, si vous préférez, et je suis installé dans la cabine du capitaine. Cela fait de MOI le capitaine, n'est-ce pas?

L'équipage tremblait de peur. De son côté, Jack essayait de formuler une explication. Barbenoire marcha lentement parmi eux, dangereusement, dégainant tranquillement sa lame.

—Mais qu'est-ce qui se passe ici? continua Barbenoire. Des marins abandonnant leur poste sans ordre! Des hommes s'emparant du navire? Dis-moi, second, qu'est-ce qui se passe ici?

—Une mutinerie! répondit Angelica.

—En effet, poursuivit Barbenoire, marchant toujours parmi ses hommes. Et quel destin attend les mutins? demanda-t-il.

Il arriva à la hauteur de Jack et le toisa du regard avant de poursuivre.

—On les PEND!

Soudainement, les cordes semblèrent prendre vie. Elles s'enroulèrent autour des hommes et les soulevèrent haut dans les airs. Barbenoire semblait contrôler les cordes par la seule force de son esprit.

Sans perdre un instant, Jack, qui pendait la tête vers le bas, dénonça l'équipage qu'il avait poussé à la mutinerie.

—Sir, capitaine, je dois rapporter une mutinerie, balbutia-t-il. Je peux pointer du nom et nommer du doigt!

—Inutile, monsieur Sparrow! s'exclama-t-il. Ce ne sont que des brebis. Et vous êtes leur berger.

Jack fut libéré de ses cordes et il tomba sur le pont dans un bruit sourd. Pendant un instant, Barbenoire sembla prêt à disposer de lui sur-le-champ, mais Angelica vint à sa rescousse.

—Père, intervint-elle. N'oubliez pas qu'il est déjà allé où nous nous rendons.

Jack ajouta avec un sourire:

—Vous ai-je déjà dit à quel point votre fille est charmante?

—Ayez pitié, père, implora Angelica.

Barbenoire considéra ses options.

—Si je ne tue pas un de mes hommes de temps en temps, ils oublient qui je suis, dit-il avec un rire maniaque.

Il avait cependant besoin de Jack pour trouver la Fontaine de Jouvence. Il le fit amener à sa cabine par deux de ses zombies les plus terrifiants.

Jack commençait à s'inquiéter : il ne voyait plus comment s'enfuir.

—La Fontaine ne m'intéresse pas, mentit Jack. Mais est-ce le cas du terrifiant Barbenoire ?

—Toute âme a un rendez-vous avec la mort. Je connais l'heure exacte du mien, répondit Barbenoire avec un sourire. Je dois atteindre la Fontaine. Il serait stupide de se battre contre le destin, mais je serais ravi de le tromper.

C'est à cet instant qu'Angelica entra dans la cabine.

—Bien, il est encore en vie, dit-elle en voyant Jack sain et sauf. Tu vas nous mener à la Fontaine, n'est-ce pas ?

Jack hésita un moment. Se joindre à quelqu'un d'aussi dangereux que Barbenoire ne l'intéressait pas. De plus, deux autres expéditions étaient déjà à la recherche de la Fontaine.

Barbenoire s'approcha et simplifia sa décision.

—Abordons la question autrement : si je n'y arrive pas à temps, tu n'y arriveras jamais toi non plus.

Jack acquiesça. Il l'aiderait. Il n'avait pas le choix. Il se joindrait à Barbenoire et essaierait de vaincre les autres dans la course pour la Fontaine. Une fois arrivé, il pourrait trouver un moyen de se débarrasser de l'autre pirate.

Jack afficha un sourire orné d'une dent en or.

—Je vais de ce pas consulter les cartes.

Atteindre la Fontaine ne suffirait pas. Pour activer les pouvoirs magiques de ses eaux, ils devraient accomplir le rituel et pour cela, ils auraient besoin de la larme d'une sirène.

Jack utilisa les cartes pour les guider vers la baie Whitecap. L'eau cristalline s'écrasait contre une crête rocheuse où se tenait un vieux phare abandonné. Mais sous sa surface calme, la baie Whitecap était infestée de la pire espèce de créatures peuplant les océans du monde.

La baie Whitecap était habitée par des sirènes.

Attraper une sirène n'était pas une tâche simple. Le plan de Barbenoire exigeait la participation de l'équipage au complet. Jack faisait partie d'un groupe envoyé vers un phare à proximité. Ils étaient en charge de le remettre en marche pour attirer les sirènes vers la surface.

En montant les marches du phare, Jack expliqua à un jeune pirate ce qu'ils allaient affronter.

—As-tu déjà vu une sirène? lui demanda-t-il. Aussi dangereuses que des requins affamés. Avec des armes. Et ce ne sont que des femmes.

—De belles femmes? s'enquit le jeune, pensif.

Jack secoua la tête, frustré.

—Est-ce que tu as entendu la partie sur les requins affamés?

C'était précisément le pouvoir que les sirènes avaient sur les marins. Elles étaient si belles que les marins oubliaient à quel point elles étaient dangereuses.

Pour attirer les sirènes vers la surface, une chaloupe pleine de jeunes marins, dont Scrum, fut envoyée sur les eaux.

—Chante! lui ordonna l'un des officiers zombies. Elles aiment entendre chanter.

Scrum entama une chanson qu'il connaissait bien.
«Mon cœur touché par Cupidon, je méprise tout argent ou or. Rien ne peut me consoler, seule ma chanson brise son sort!»

À cet instant, une sirène sortit de l'eau juste à côté de la chaloupe de Scrum.

—Tu es si belle, dit-il, comme s'il était en transe.

La sirène lui sourit.

—Peux-tu me consoler?

—Oui, répondit-il, souriant. Je peux faire ça!

Soudain, un groupe de sirènes entoura la chaloupe, chacune souriant à un pirate. Malgré tous les avertissements qu'ils avaient reçus, les hommes se laissèrent charmer sans résistance par ces belles femmes.

—Tout le monde saura que Scrum a embrassé une sirène, clama-t-il fièrement.

Scrum se pencha, s'approchant d'elle. Au moment où leurs lèvres allaient se toucher, la sirène laissa échapper un hurlement terrifiant. Le baiser se transforma en morsure et elle tira Scrum dans l'eau.

Avant que les autres pirates n'aient eu le temps de réagir, les autres sirènes firent de même. En quelques secondes, la baie Whitecap fut submergée des hurlements des sirènes et des cris des pirates.

Suivant le plan, les autres pirates commencèrent à laisser tomber des explosifs dans l'eau. Puis, Barbenoire somma à des hommes avec des filets de commencer à avancer dans l'eau depuis la plage.

—Avancez, ordonna-t-il, tenant une torche pour illuminer la berge. Une seule suffira!

En regardant la bataille, Jack ne put que secouer la tête. Partout où il regardait, les sirènes avaient l'avantage. Il se souciait de l'équipage et devait donc les aider. Il décida alors de transformer le phare en arme.

La flamme du phare était alimentée par un flot d'huile de baleine. Il y avait un énorme réservoir d'huile. Jack se demanda ce qui arriverait si une plus grande quantité d'huile atteignait la flamme.

Il dégaina son épée et asséna un grand coup au réservoir pour que l'huile se mette à gicler dans toutes les directions. Il sauta par la fenêtre au même moment pour se protéger. L'huile atteignit la flamme et le dessus du phare se transforma en une énorme boule de feu qui roula tout le long de la plage avant d'enflammer la surface de la baie.

—Vous avez vu ça? demanda Jack. Parce que je ne le referai pas!

Les sirènes crièrent d'horreur et libérèrent leurs victimes. C'était le moment idéal pour que les pirates puissent s'enfuir. Ils s'élancèrent vers la plage, seul lieu sûr en vue.

Sur la plage, parmi les débris, blessée mais encore vivante, se trouvait une sirène. Elle avait été prise dans un courant qui l'avait empêchée de s'enfuir. Philippe, un marin missionnaire, s'approcha rapidement d'elle pour l'aider, mais un zombie fut plus rapide et lança sur elle un filet.

Barbenoire mit la sirène dans un aquarium géant qu'il avait fait construire. Ainsi, elle pourrait rester en vie dans l'eau, mais ne pourrait pas s'enfuir. Amenant la sirène avec eux, l'équipage se mit en marche dans la jungle en direction de la Fontaine.

Il y avait encore des obstacles à l'horizon : la marine espagnole et la marine britannique, ainsi qu'Hector Barbossa étaient aussi à la recherche de la Fontaine, la course était en marche. Le plus inquiétant était que Jack était de pair avec Barbenoire. Jack était convaincu que l'abominable pirate le ferait tuer dès qu'il ne lui serait plus utile. Jack avait connu d'autres situations désespérées, et il semblait toujours s'en sortir. Alors qu'il contemplait la vie éternelle, celui-ci commença à inventer sa propre chanson, juste comme ça.

C'est l'histoire d'un pirate,
Capitaine Jack, brave et audacieux,

Pris dans une quête pour
la Fontaine, qui pourrait être mieux

Contre les Espagnols,
contre les Britanniques, même
contre Barbenoire

Que Jack Sparrow soit le plus
craint, ils devraient le croire

★ ★ ★

En chantant ces paroles inventées, Jack ne put réprimer un sourire amusé. Le capitaine Jack savait que même si cette aventure lui demandait de s'enfoncer dans une jungle dangereuse et de naviguer sur des mers inconnues, elle n'en serait que plus mémorable...

Jack allait-il réussir à trouver la Fontaine de Jouvence avant Barbenoire et ainsi s'assurer une vie éternelle?